Narratori ◀ Feltrinelli

Mauro Corona
La casa dei sette ponti

© Giangiacomo Feltrinelli Editore Milano
Published by arrangement with
Susanna Zevi Agenzia Letteraria
Prima edizione ne "I Narratori" luglio 2012

Stampa Nuovo Istituto Italiano d'Arti Grafiche - BG

ISBN 978-88-07-01907-4

I fatti di questo libro sono inventati, tuttavia i personaggi potrebbero benissimo esistere davvero.

www.feltrinellieditore.it
Libri in uscita, interviste, reading,
commenti e percorsi di lettura.
Aggiornamenti quotidiani

razzismobruttastoria.net

La casa dei sette ponti

Agli amici di San Marcello Pistoiese

Lungo una strada tortuosa e stretta, che percorre una valle solitaria, aspra quanto serve per intimorire il viandante, a un certo punto compare una curva. Su quel gomito d'asfalto, poco sotto un gradino di roccia, spunta improvvisa come un saluto una casa d'apparenza antica. È una casupola umile, fatiscente, di forma inusuale, con finestre che almeno da un fianco guardano dolenti il viavai delle automobili. Le imposte si aprono verso l'alto come ciglia sopra occhi malinconici. Sul tetto il peso degli anni ha premuto come il pugno di un gigante, lasciando orme concave e bugne scomposte.

Forse per occultare quelle testimonianze di

tempo e povertà, soprattutto per impedire a pioggia e neve visite inaspettate e poco gradite, qualcuno ha steso, lungo l'intera ampiezza del tetto, robusti teli di vari colori. Dal breve rettilineo prima della curva, la costruzione balza all'occhio rivelando come uno strano connubio tra una tenda coloratissima e un fortino pronto a difendersi dai curiosi.

La casa esprime un vivere umile e dignitoso non scevro di un certo mistero. Ma la visione che rallegra il cuore, passandovi accanto, sono due comignoli che sempre fumano, estate e inverno, giorno e notte, in tutte le stagioni. Stanno lassù, impiantati sul tetto rammendato, come gnomi che sbuffano col cappello storto.

Il viaggiatore distratto e frettoloso difficilmente ferma lo sguardo su quell'umile casetta. Invece la sua presenza meriterebbe attenzione. È un esempio di resistenza alle avversità della vita, alla corrosione del tempo, alla povertà accettata in silenzio. Quella casa comunica l'idea del vivere appartato e fiero di qualche anima solitaria che non chiede niente a nessuno.

L'intaglio lungo il quale si snoda la strada è sempre ombroso, stretto fra pareti alte e ripide, infiorate di alberi ritorti e stentati, sorretti da ciuffi di zolle nervose come calci di capra. Ogni tanto rocce verde scuro pencolanti e sgretolate appaiono qua e là, incombono da una parte e dall'altra come minacce. Sembrano sul punto di cadere, ma non cadono. Rimangono lassù, aggrappate al nulla, come un alpinista incrodato. Forse vogliono ricordare al viandante la precarietà dell'esistenza.

Giù in fondo, con la stessa pazienza dei pendii, scorre un torrente dall'aspetto inaccessibile, di colore scuro come la valle che lo tiene in grembo. Solo ogni tanto, nelle balze più ostiche e nei salti, l'acqua si illumina di sorrisi con bagliori lucenti e occhi d'oro. D'autunno, i funghi rotolano in basso perché la valle trema di nostalgia e silenzio, mentre le poiane fanno i loro giri, a controllare che tutto rimanga segreto.

Quella valle è uno sbrego torturato e duro, dieci chilometri lungo i quali i bordi sembrano abbracciare gli automobilisti e tirarli su, a respirare più in alto, dove c'è aria e sole. Da quei pendii scabri, sospesi sul vuoto, piccoli alberi ritorti e pieni di tristezza guardano verso un punto lontano, dove fratelli più fortunati godono un rigoglio unico in un posto meraviglioso: l'Abetone. E allora piangono. Spesso singhiozzano di dolore per essere stati confinati lassù, all'eterna penitenza, da qualche spirito invidioso e malvagio. Piangono e bagnano la strada: gli automobilisti, ignari, pensano che stia piovendo, e imprecano contro quella valle umida, disagevole e piovosa.

Sui margini alti, ogni tanto, molto raramente, appare una casupola appollaiata sul suo terrazzo come un'aquila sul nido. È un mistero se ci viva o meno qualcuno, per il resto, tutto intorno, non c'è altro.

L'uomo, sui sessanta, facoltoso industriale della seta in quel di Prato, percorreva ogni tanto quella strada. Viveva un po' a Bologna e un po' a Firenze, anche se i suoi affari fiorivano laggiù, nella città conquistata dai cinesi. Proprio così: conquistata. Il tessile era passato di mano. Un'antica tradizione era andata in fumo. Prato, che prima potevi riconoscere dall'industriosità locale, ora sembrava una provincia cinese. E progressivamente la produzione e il commercio avevano assunto un che di segreto, e misterioso. L'uomo faceva quel percorso inusuale per fermarsi in un paese vicino all'Abetone a salutare i vecchi amici. Cercava Federico il fungaio, Stinki il cuoco, Lupo il cantante, Vittorio il pensionato, Tranquillo il cacciatore. E Fiorella e Paolo, poi altri come Mauro e Lucia, il Gufo e Giuliana. E Consuelo, un amore antico e tenace come la volontà, mai dimenticato. Alcuni se n'erano andati da questo mondo con discrezione e silenzio, come Gildo e Valerio. Altri erano scomparsi seppur vivi, dispersi nelle città a cercar fortuna mentre gli anni passavano, la fortuna si nascondeva e la vecchiaia trovava loro.

L'industriale della seta sostava qualche ora in paese per fare due chiacchiere coi vecchi amici. Gente tosta, poche parole, qualche bicchiere e molti sguardi. Parlavano guardando. Anime di selva, conoscevano l'Abetone meglio di casa loro. Boscaioli, operai, cercatori di funghi, cacciatori, alpinisti. Erano rimasti al paese, Firenze e Pistoia le vedevano dai crinali nei giorni limpidi. Più che vederle, le immaginavano. Stavano laggiù, lontane, oltre le brume rarefatte del mattino, in attesa che la montagna si spopolasse. Le città trascinavano giù i montanari ogni anno di più.

L'industriale della seta provava un certo imbarazzo al cospetto degli amici. Quelli erano fermi lì a difendere, per quanto possibile, il loro paese, a migliorarlo. Erano impiantati là, come larici sui costoni, tra disagi e fatiche, a tirare avanti l'esistenza coi denti. Lui invece se n'era andato giovanissimo, appena maggiorenne,

a cercare quella fortuna che il paese non pro-
metteva – che soprattutto non dava –, e l'aveva trovata. A Prato era l'unico imprenditore a
tener testa ai cinesi. Non perché la sua merce
fosse migliore, bensì perché aveva imparato la
lingua. Si compete con la lingua, non con i ma-
teriali, pensava. La torre di Babele è crollata
perché nessuno capiva più la lingua degli altri.
Allora emigrò, girò il mondo, imparò il cinese
e infine era tornato per vincere. Era l'uomo dalle tre *i*: intransigente, intraprendente, intelligente. "Con me i cinesi non vinceranno mai,"
si vantava. Ma quando incontrava gli amici di
San Marcello Pistoiese metteva in dubbio tutto, persino l'intelligenza. Vedeva i loro volti
scolpiti con l'accetta, rifiniti a pennato, tostati
dal sole, forti di fatiche, segnati da lavori pesanti. Erano uomini sereni. Forse anche in pace. Lui no, lui in pace non era mai, e nemmeno sereno, a volte neanche sicuro. La concor-
renza dagli occhi a mandorla rosicchiava ter-
reno come il torrente erode le scarpate. Avreb-

be potuto mollare, vivere di rendita, ma la sua impresa era una questione d'orgoglio. Non voleva nemmeno pensare di cederla e ritirarsi, lasciando campo libero ai rivali. Era un uomo così: resisteva per orgoglio, perdendo tempo e tranquillità e guadagnando ansie, nevrosi e preoccupazioni. E allora ogni tanto, quando andava a Prato, deviava per quella strada contorta e ossuta, a cercare conforto nei volti sereni dei vecchi amici. I quali, con poche parole, gli facevano capire che non lo invidiavano affatto. E che per loro lui non era importante quanto pensava di essere.

Lungo quel percorso disagevole, dentro la valle misteriosa e arcigna, sulla curva dopo il rettilineo, ogni volta incontrava la casa coperta di teli e i comignoli fumanti. E non vedeva nessuno. Mai una volta che apparisse un viso alla finestra, qualcuno sulla porta o appena fuori. Niente di niente. Come se tra quei muri vivessero fantasmi discreti e malinconici che alla mattina accendevano il fuoco per scaldare la loro tristezza. D'inverno la neve copriva il tetto arcobaleno, i teli non si notavano più, la valle s'ammantava di silenzio. Ma i camini fumavano e per l'uomo la visione di quella casa umile con i fuochi che sempre ardevano era una carezza al cuore. All'inizio fu solo distratto dalla strana dimora, poi a ogni passaggio sempre più la curiosità gli mordeva le caviglie. Chi c'era là dentro? Chi vi abitava? Qualche barbone che vi aveva trovato rifugio? Una famiglia in miseria? Chi accendeva il fuoco ogni mattina? Erano domande senza risposta.

L'uomo intraprendente, intransigente e intelligente cominciò a farsene un cruccio. Abituato a vincere andando al fondo delle cose, e se occorreva comprandole, non poteva rimanere col magone del mistero nella testa. Voleva sapere chi dimorava in quella casa, guardare la faccia o le facce di coloro che accendevano il fuoco. Magari anche aiutarli, donare loro un tetto nuovo. Desiderava esplorarne l'interno, curiosare com'era fatta, vedere le stanze, le stufe – se erano stufe –, o i fornelli, l'arredamento. Soprattutto, voleva scoprire chi viveva tra quei muri, sotto i teli colorati.

All'ennesimo passaggio accostò e spense il motore. Fissò a lungo la casa dal tetto umile.

Neanche stavolta vide qualcuno, solo il fumo che usciva dai camini. Era verso mezzogiorno, a metà di un ottobre dorato. La valle ardeva nell'incendio dei boschi arrugginiti. Rondini di foglie multicolori volavano a sciami al soffio leggero del vento. Molte andavano a posarsi laggiù, sull'acqua nervosa di quel torrente solitario che subito le portava lontano, chissà dove. Senza più ali, le rondini di foglie continuavano il viaggio verso l'ignoto, col corpo bagnato e pieno di freddo, pellegrine senza meta, in balìa degli elementi, come la vita degli uomini.

Aleggiava nell'aria la malinconia dell'autunno. Sospeso nel silenzio dei boschi addormentati, il mistero di quei picchi solitari si nascondeva dietro ogni tronco. Alberi stentati con braccia ossute stavano arrampicati sulla parete ripida, col muso sporto in fuori a sbadigliare sul passo stanco delle auto. Gli autunni portano sempre malinconia, ma in quella valle la malinconia è più forte. Rallenta, attecchisce, s'impiglia nei rami, s'attorciglia ai fusti degli alberi, rimane sospesa per poi calare improvvisa come lo Spirito Santo su coloro che passano di sotto.

Gli uomini ne percepiscono la presenza. E allora riflettono, pensano alle loro vite, tirano le somme. Il facoltoso industriale della seta fu preso dalla "malinchetudine", struggente sensazione di malinconia e solitudine. Stava per riaccendere il motore e scappare, andare dagli amici a San Marcello, o a Prato nelle sue fabbriche, o meglio ancora a Firenze, nei salotti di amici danarosi che nulla avevano a che spartire con quelli dal volto cotto dei crinali. Aveva ormai girato la chiave della potente Audi e il motore trapanava il silenzio autunnale della valle, quando all'improvviso l'uomo cambiò idea e lo spense definitivamente.

Aveva deciso di bussare alla porta della casa col tetto di stracci e scoprire chi c'era là dentro. Scese, controllò di aver parcheggiato a regola per non intralciare il traffico, per quanto scarso, e si avviò verso l'abitazione. Si domandava con che approccio entrare in contatto, quali parole usare a giustificazione di quella assurda intrusione. Intrusione che sapeva di irrispettosa curiosità da parte di un riccone con molti bonifici in tempo da perdere. Si vergognò. Ancora una volta ebbe l'impulso di tornare indietro, ma un impulso più forte lo spinse a osare. Stava per scavalcare il guardrail quando si accorse del taglio nella lamiera che lasciava accedere al cospetto di un portone di legno. Un'anta di castagno antico, consumata dal tempo, graffiata dalle intemperie, sconnessa dagli acciacchi, abbronzata di sole e lisciata dalla lingua del vento. Prima di bussare esitò. Dentro regnava il silenzio degli invisibili, dalla casa non proveniva alcun suono, come se fosse disabitata. Eppure c'erano due comignoli fumanti. Un fuoco non s'accende da solo, e nemmeno si alimenta. Ci vuole una mano che metta legna, qualcuno che custodisca la fiamma.

Bussò tre volte.

Niente.

Allora picchiò più forte.

Niente.

Osò spingere la porta, che si aprì una spanna. Infilò la testa e gridò: "C'è nessuno?". Ancora niente. A quel punto sarebbe potuto anche entrare, ma esitava ancora. E se dentro ci fosse stato un pazzo che, alla vista dell'intruso, gli avrebbe aperto la testa con un colpo di scure? Meglio non rischiare. Spinse l'uscio ancora un poco. Stava per ripetere la sua domanda quando sentì avvicinarsi un cigolio di cardini e passi furtivi. Si ritrasse, intimorito. Finalmente poteva vedere l'abitante, o gli abitanti, di quella dimora misteriosa e un po' inquietante.

Infatti li vide, sbucarono improvvisi, come folletti. Rimase piuttosto deluso. Erano due vecchietti sull'ottantina, un uomo e una donna, esili, vulnerabili, probabilmente marito e moglie. Scomparivano dentro pesanti maglioni, rammendati qua e là, e portavano berretti di lana in testa e moffole di panno ai piedi. Sui volti asciugati fino all'osso fioriva il sorriso di una dolcezza mai sopita. La dolcezza dei buoni, dei vinti, degli inermi. La dolcezza della malasorte accettata senza reclami.

"Buongiorno," disse l'industriale della seta. "Buongiorno e scusatemi, scusatemi davvero, passo da queste parti ogni tanto e noto sempre i camini fumare senza mai vedere nessuno. Ecco, era solo per scoprire chi abita che mi sono permesso di bussare. Perdonate la curiosità, è stato più forte di me. Avessi visto qualcuno, una sola volta, magari alla finestra, o sull'uscio, sarebbe finita lì, non mi sarei spinto a cercare di sapere chi ci stava dentro. Ma sono passato tante e tante volte e non ho mai visto anima viva. Mi ha sopraffatto, a lungo andare, la curiosità. Non ce l'ho fatta."

"Bene," disse la donna con voce sottile come filo di seta, "ora sa chi abita questa casa. Siamo vecchi. Non disturbiamo nessuno. Viviamo qui da qualche anno ormai."

L'uomo si scusò di nuovo e cercò di sbirciare dentro, ma nella penombra di uno stretto corridoio vide ben poco. Solo alcune giacche e cappotti pieni di polvere appesi alle pareti e due pellicce malconce che avevano l'aria di esser lì a farsi consumare dalle tarme da chissà quanto tempo. La curiosità si fece più forte e il facoltoso industriale della seta azzardò: "Voglio capire come vivete," disse con voce suadente, "lasciatemi entrare, vorrei vedere le stanze, la cucina, il salotto... Capire di cosa vivete".

Restarono in silenzio e si guardarono. Anzi, era come se lui cercasse al di là dello sguardo. Non capiva cosa, ma sentiva che in quell'intrecciarsi di sguardi passava un messaggio misterioso. Chi erano quei due vecchi? Cosa c'era nei loro occhi? E loro, che cosa vedevano in lui? Il tempo rallentò dentro quella nuova immobilità.

Senza perdere la dolcezza del volto, ma in tono deciso, il vecchio rispose: "Non possiamo farla passare per nessun motivo. Se vuole entrare in questa casa, c'è un solo modo: deve prima attraversare a piedi i sette ponti. Uno dopo l'altro. Può farlo quando vuole, anche fra un anno o due, sappia però che solo dopo aver passato i sette ponti potrà metter piede qua dentro".

L'industriale della seta rimase perplesso, pensò che i due fossero ammattiti di solitudine, ma volle restare ancora un poco e vedere come sarebbe finita. Per guadagnare tempo chiese: "E dove sarebbero questi sette ponti?".

"Qua intorno," rispose la donna. "Sono tutti qua intorno, questa zona si chiama appunto Setteponti, basta seguire la strada. E ricordi: deve andare a piedi, solo camminando capirà cosa significa il vuoto di quei ponti."

Il vecchio riprese la parola solo per toglierla: "Basta. Ora sa cosa fare, signore, noi torniamo dentro, fa freddo, tra poco qui è inverno, si sente già il suo fiato nell'aria. Se attraversa i sette ponti è facile che ci vedremo ancora, altrimenti buona fortuna".

I vecchietti si ritirarono con velocità sorprendente per la precarietà dei corpi e il peso degli anni che portavano addosso. Sparirono oltre una porta interna, non prima di aver chiuso lestamente il portone e averlo bloccato con numerosi giri di chiave. L'industriale della seta rimase basito sulla soglia, poi si avviò a testa bassa verso l'auto. Mise in moto e partì.

Per strada si convinse davvero che i due fossero matti.

Intanto arrivò l'inverno, che proponeva ogni volta giornate corte e nevicate seguite da cieli tersi e gelo intenso. Poi il generale dal pastrano pesante se ne andò, sfrattato da una tiepida primavera. L'industriale della seta era transitato altre due volte nella valle ibernata di ghiaccio. Sulla curva, i comignoli della casa fumavano ancora, ma i teli colorati non si vedevano più. La neve li aveva coperti e il freddo aveva indurito la neve rendendo tutto compatto. Solo il fumo, col suo tepore paziente, era riuscito a sciogliere un anello di ghiaccio intorno ai camini, come la dolcezza scioglie il broncio a un permaloso.

In primavera, l'industriale della seta passò

ancora di là. Ormai cantavano i cuculi, la valle era piena di vapori, gli uccelli indaffarati sui nidi cinguettavano e il torrente giù in basso gorgogliava più allegro del solito. La primavera aiutava anche lui, lo aveva liberato dal ghiaccio, poteva scorrere libero. Il disgelo gli gonfiava il petto e ne andava orgoglioso. Alla curva della casa solitaria, l'uomo guardò i comignoli. Fumavano, come al solito, e dei vecchi nessuna traccia. Era verso metà aprile. Un sole amico pettinava i boschi passando di striscio sulle chiome. Non tirava un filo di vento. Il fumo dei camini puntava verso il cielo a spirali azzurre. L'industriale della seta si ricordò dei sette ponti e del consiglio dei coniugi di attraversarli. Voglio vederli, questi ponti, pensò. Parcheggiò l'Audi in uno spiazzo poco oltre la casa, dove un cartello riferisce che in quel punto inizia il regno di Toscana e si cambia musica. Si mise a cercarli.

I ponti gli piacevano, uniscono separazioni, come una stretta di mano unisce due persone.

I ponti cuciono strappi, annullano vuoti, avvicinano lontananze.

Camminò adagio sotto il sole gentile di aprile. A un certo punto percepì netta la sensazione di vuoto. Sulla sinistra s'apriva una voragine, a protezione il guardrail era più alto. Si trovava sul primo ponte. Cominciò ad attraversarlo. A metà, si fermò di colpo. Il suo cervello iniziò a produrre visioni di cose che non avrebbe mai voluto neppure immaginare. Vide la casa dei due vecchi molti anni prima, quand'era ancora in ottimo stato, il tetto a posto, con le tegole rosse che riflettevano il sole e un po' trattenevano il suo calore. Dalla porta seguitavano a entrare e uscire uomini di ogni età, alcuni piuttosto giovani. Dentro, stazionavano una decina di donne che esercitavano il mestiere più antico del mondo. Era una casa d'appuntamenti e il facoltoso industriale della seta provò una sorta di delusione. Immobile sul ponte, in mezzo alla strada, il cervello andava per conto suo, sfornava allucinazioni. Si appoggiò alla ringhiera per pigliare fiato, riflettere, cacciare quelle visioni. Devo allontanarmi, pensò. Doveva togliersi da quel posto diabolico. Non percorse nemmeno quattrocento metri che percepì di nuovo la sensazione di vuoto. Era infatti sul secondo ponte. Aveva appena allontanato l'immagine di poco prima, quando ebbe un'altra visione, questa volta molto più reale e orrenda. Un uomo stava di fronte a lui sul ponte e pareva disperato. Seguitava a piangere e a dire di aver appena scoperto che sua moglie, nonostante un figlio piccolo, si dava ad altri uomini nella casa di appuntamenti. Detto questo, senza il minimo indugio saltò il parapetto e si buttò di sotto. L'industriale della seta rimase impietrito, non fece in tempo a muoversi né a proferire parola. Doveva chiamare qualcuno. Provò col cellulare, ma non c'era campo. Per di più non era sicuro se era stato un incubo pauroso o se aveva realmente assistito a un suicidio. Forse era diventato pazzo? Doveva fare dietrofront e scappare con l'auto, ma una forza misteriosa alla quale non sapeva opporsi lo spinse ancora avanti. Ogni tanto si voltava, sperava arrivasse qualcuno. Qualcuno a cui dire cosa gli stava accadendo. Ma niente, nemmeno un'ombra sbucava da quelle curve. Capì di essere sul terzo ponte dopo neanche dieci minuti. Sentì ancora il senso di vuoto, e subito dopo vide lei. Una donna, una bella donna bionda, alta, che poteva avere trentacinque anni, usciva dalla casa di appuntamenti, con un cesto di vimini al braccio. Era la moglie del suicida. Faceva il mestiere per mantenere la famiglia e lui non lo sapeva. Ora non aveva più senso, il marito era morto. La donna depose il cesto vicino al parapetto, s'arrampicò di sopra e lesta come un gatto si gettò anche lei nel vuoto senza una parola. Dal cesto l'uomo sentì provenire un pianto: dentro c'era un bambino di pochi mesi. L'industriale della seta pensò che forse era impazzito davvero e il fatto di rendersene conto gli infuse coraggio. I pazzi non sanno di esserlo, lui sì. Voleva prendere il bambino, ma ebbe paura. Potevano accusarlo di avere spinto la donna nel burrone per chissà quali oscuri motivi. Allora scappò di corsa lungo la strada, mentre alle sue spalle sentiva il pianto del bimbo, sempre più lontano. Vergogna. Aveva lasciato lì quel pargolo, inerme e solo, in balìa di chiunque. Ma era più forte della ragione, l'orrore di ciò che aveva appena visto lo faceva correre a perdifiato. A un certo punto sentì un altro vuoto, una voragine cucita da un ulteriore balzo di cemento. Era sul quarto ponte.

Voleva scappare via, invece la solita forza misteriosa lo inchiodava lì. E vide di nuovo. Questa volta fu una scena di tenerezza. Passava un boscaiolo alto e magro con un carro di legna tirato da un cavallo più magro di lui. Notò il cesto col bambino. All'inizio si spaventò. Che ci faceva un bimbo da solo, rannicchiato e piangente, dentro un cesto? Lo avevano abbandonato, dedusse. Allora si chinò e cominciò ad accarezzargli il viso con un dito. Sentendo quel tepore ruvido e dolce, il bambino smise di piangere. Il boscaiolo raccolse il cesto, lo mise sul carro e si avviò verso casa. L'industriale della seta tirò un sospiro di sollievo, ma non era finita. La visione proseguiva. Vide la casa umile e povera del boscaiolo, con lui che beveva in solitudine. La vita lo aveva spinto all'alcol. Lo osservò carezzare il viso del piccino, dargli un bacetto e farlo tremare con la sua barba ruvida. E poi fasciarlo per bene con una vecchia giacca, dopo avergli fatto bere un po' di latte. E infine prendere una corriera e recarsi a Firenze dove, a tarda sera, lo depose sulla porta di un orfanotrofio.

L'industriale della seta ora tremava, convinto di aver perso la testa. Forse era stato drogato in quel bar alle terme di Porretta dove aveva preso un caffè. I suoi nemici non si contavano, torme di invidiosi e buoni a nulla lo odiavano ovunque. Tutti gli uomini ricchi o di successo sono invidiati e odiati. Tutti, nessuno escluso.

Si appoggiò al parapetto e pianse. Provò a voltarsi e tornare alla macchina, senza peraltro riuscirci. La forza misteriosa, come una mano possente, lo spingeva ancora avanti. Allora proseguì. S'accorse che attorno non cantava nessun cuculo. Eppure a metà aprile avrebbero dovuto cantare. Invece niente. Nella valle dei Sette ponti regnava un silenzio strano, senza tempo. Il silenzio delle cose sospese, dei fatti misteriosi che prima di accadere zittiscono la natura come a volerla preparare al colpo. Solo un refolo di vento, il vento di primavera, appena un sussurro, calava dagli alti crinali, errando per la forra inquieto e sottile, come se anche lui temesse qualcuno o qualcosa. Il vento correva per quei budelli contorti, e nel suo respiro si percepivano strane cose. L'industriale della seta lo aveva capito, e il suo tremore aumentava a ogni passo, spinto dalla mano invisibile. Mancavano ancora tre ponti, i calcoli sapeva farli. Cosa avrebbe visto ancora? Quali sorprese gli avrebbero riservato quegli ultimi punti di sutura tra due separazioni?

Aveva paura ed era costretto a proseguire. Nonostante tutto doveva andare avanti. Suo malgrado, quindi, avanzò. Pieno di tremore, andò diritto verso ciò che lo aspettava.

Camminò senza più voltarsi, ormai aveva perduto ogni speranza di incontrare un automobilista.

Quando percepì di nuovo il vuoto, era sul quinto ponte. Si fermò e sedette sotto il parapetto. Voleva stare basso per non vacillare nel caso gli fosse apparso qualcosa di orrendo. Invece non ci fu nulla di spaventoso, anzi. La nuova visione fece piangere l'industriale della seta. Sul quinto ponte vide l'orfanotrofio dove il boscaiolo aveva deposto il bambino. E una coppia di sposi che lo adottavano. Lo prendevano in braccio teneramente e lo portavano via dopo aver firmato una pila di carte. Con una piccola auto si dirigevano verso San Marcello Pistoiese, dove vivevano. E lì, in quella semplice casupola, il bambino trovava affetto, cibo e il calore di una famiglia. La visione durò ancora qualche minuto, quel tanto da far vedere all'uomo l'inizio della nuova vita di quel pargolo. I due sposi, religiosissimi, lo adoravano come fosse il Bambin Gesù. Durante il giorno lo portavano con sé, al lavoro. Gestivano un piccolo negozio di alimentari, una modesta attività che però permetteva loro di campare dignitosamente. Il bambino iniziò a vivere lì dentro, tra effluvi di salumi e spezie, formaggi e conserve, e il buon odore di pane che il fornaio portava ogni mattina.

La visione finì e l'industriale della seta, spossato da quelle immagini, si sollevò a fatica per riprendere la marcia. A quel punto gli toccava andare fino in fondo, doveva attraversare tutti e sette i ponti, come gli avevano suggerito i vecchietti della casa coperta di teli. La forza misteriosa lo spingeva avanti, anche se ora aveva meno paura. Non era più convinto di essere pazzo, intuiva che quelle visioni raccontavano una storia, e per completarla e conoscerla interamente mancavano ancora due ponti. Si guardò intorno. Non c'era anima viva, né uccelli che cantassero, né farfalle nell'aria – men che meno cuculi –, né auto di passaggio o qualsivoglia mezzo a motore. E sì che ne incontrava di auto quando passava per un saluto agli amici di San Marcello. Ora niente: nemmeno il ronzio di una mosca, un calabrone, manco il verso di un capriolo o di un cinghiale. Niente di niente. Solo quel vento leggero che si infilava nella forra a increspare il torrente, a stuzzicarlo con spifferi dispettosi rendendo ancora più misteriosa la valle senza voci.

L'uomo avanzò veloce, superò curve e rettilinei finché si trovò sul sesto ponte. Stavolta non si accucciò, ma se solo avesse intuito quel che gli avrebbe proposto la visione successiva lo avrebbe fatto senza indugi. Vide ancora la casa di San Marcello, dove i genitori adottivi allevavano con amore il trovatello. Stavolta il piccolo era cresciuto al punto che l'industriale della seta riconobbe la casa, i genitori che lo accudivano e persino i gatti, Mirtilla e Valter.

Riconobbe se stesso.

Aveva dieci anni, e si scorgeva nitido e concreto dentro quei muri di ricordi. Riconosceva ogni particolare: i volti dei genitori, gli oggetti, le panche, le pentole, i letti e tutto ciò che lo aveva visto crescere in compagnia di due buone persone. E gli amici: quelli che sarebbero diventati Lupo il cantante, Stinki il cuoco, Federico il fungaio, Vittorio il pensionato, Tranquillo il cacciatore. E poi Elio il gufo, Giuliana, Lucia e Mauro. E ancora, Paolo e Fiorella e tutti gli altri, che erano tanti. Compreso quell'amore antico e tenace, mai dimenticato. Vide i loro visi di bambini, come lui, che lo andavano a trovare in quella casa intonacata di tepore antico. Mangiavano insieme, attorno a un tavolo troppo piccolo, sotto lo sguardo benevolo e paziente dei genitori adottivi. In quel momento sentì dentro di sé una dolcezza dimenticata, sepolta nella polvere degli anni. Travolto dall'emozione di memorie perdute provenienti da remote lontananze e riportanti a un periodo felice mai più ripetuto, s'inginocchiò e pianse in silenzio.

Di lì a poco la visione svanì e il ponte, come quelli appena superati, tornò a essere solo un punto di sutura tra due separazioni.

Su quella strada desolata e solitaria, priva di suoni, calò un mistero senza soluzione. L'industriale della seta restò accasciato sull'asfalto, la testa fra le mani. Poi si tirò su e s'avviò stancamente per la via lungo la quale sapeva di trovare l'ultimo ponte.

Ci arrivò in meno di mezz'ora, camminando storto come un ubriaco, con l'animo scosso e il cervello frastornato. L'ultimo ponte era piuttosto lungo e portava d'un balzo sul lato opposto della strada, sotto una scarpata di crode verdastre. In quel punto, fissando le rocce che sparivano di sotto, sentì nuovamente la sensazione di vuoto.

Si fermò appoggiato alla ringhiera, pronto a tutto. Sotto di lui parlottava il torrente. Era uno dei rari tratti in cui scorreva tranquillo. Laggiù il vento non andava a importunarlo. Salti e balze non s'ergevano a innervosire l'acqua e la culla dove scorreva era liscia come la mano d'un bimbo. Intorno alla valle, tutto riposava nella tranquilla dolcezza di primavera. Tuttavia, la scena che gli si parò davanti sul settimo ponte non era affatto tranquilla.

Si tenne stretto con le mani alla ringhiera e guardò avanti. Vide la casa di San Marcello e i genitori nel giorno del suo compleanno. Lo festeggiavano. Era il 12 aprile di un anno che in seguito aveva voluto dimenticare. I genitori tagliavano la torta per i suoi diciotto anni. Le sequenze scorrevano come un film. Dopo la torta, con grande compostezza, sorretti dalla convinzione di doverlo fare, babbo e mamma svelavano al figlio che era un trovatello. Per questo non avevano invitato nessuno. In quel momento, mentre osservava la visione di se stesso, ricordò nitidamente come si era comportato quel giorno lontano. Si vide ascoltare la rivelazione dei genitori e poi piegarsi sulle gambe e piangere e imprecare contro di loro per non averglielo detto prima. Avrebbero dovuto dirglielo subito che era un orfano! E per questo bestemmiava, li offendeva, li insultava... infine apriva la porta e se ne andava sbattendola. Fin qui la visione non fece altro che ripetergli ciò che già sapeva. La scena se la ricordava bene. Ricordava anche di aver in seguito girato mezzo mondo per allontanare i fantasmi di quel momento straziante. Un momento che pensava di aver seppellito nel passato. Era stato in America Latina, Stati Uniti, Inghilterra, e infine diversi anni in Cina, dove aveva imparato la lingua. Poi era tornato a Prato, a competere e a vincere contro i cinesi occupatutto.

Ma cosa era successo durante i lunghi anni

della sua assenza non lo sapeva. Adesso la visione stava per fornirgli ogni dettaglio. Quando era tornato, aveva cercato i genitori a San Marcello, ma non c'erano. Da allora, nessuno li aveva più visti, nessuno sapeva dove fossero finiti. "In una città del Nord," mormorava qualcuno.

Sul settimo ponte l'industriale della seta scoprì tutto.

Vide i genitori annichiliti dopo aver subìto i suoi feroci insulti il giorno del compleanno. E disperati dopo la sua fuga. Nei giorni a venire, si erano lasciati andare. Avevano iniziato a regalare la roba del negozio, non volevano più saperne e rifiutavano il denaro dai clienti. Che se ne facevano a quel punto dei soldi? In breve erano falliti, costretti a cedere casa e bottega. Lo avevano fatto senza rimpianti, quasi con sollievo. Da lì si erano spostati a Firenze, in un ostello di poveri. Avevano solo una piccola pensione, campavano leggeri: un pasto al giorno, un letto, un litro di vino e tante preghiere. Erano invecchiati così, giorno dopo giorno, silenziosi e tristi. Unica compagnia, il ricordo del figlio ingrato, fuggito chissà dove per aver scoperto di essere un trovatello. Ogni tanto si chiedevano: "Dove sarà? Che gli sarà successo? Che ne sarà stato di lui?".

Mano a mano che il tempo passava se lo erano chiesto sempre meno, finché smisero del tutto. Solo nei sogni lo rivedevano. Nei sogni lui tornava perché volevano che tornasse a rallegrare un poco le loro vite, teneva loro compagnia fino al risveglio. Così erano passati gli anni. Uno dopo l'altro, molti inverni avevano tirato la pelle e piegato le ossa di quei genitori silenziosi e miti. L'anima si era rassegnata al silenzio, mentre gli occhi guardavano al tramonto sempre più vicino. Alla fine, la pensione non era più bastata a pagare la retta dell'ostello. A malincuore, la direzione aveva dovuto allontanarli. Se n'erano andati con le loro poche cose, due borse di plastica e una valigia, senza aprire bocca, senza lamentarsi né chiedere proroghe.

Concordarono con un tassista il viaggio da fare. Lo conoscevano, forse non si sarebbe neppure fatto pagare. Si erano capiti con uno sguardo.

Era ormai autunno, le ombre s'allungavano, le foglie arrossivano timide come bambine. Erano passati a San Marcello e avevano tirato diritto. Intendevano stabilirsi a Pavana, volevano piazzarsi in quel paesetto tranquillo: un pugno di case, un'osteria e un mulino. Volevano andare là, e invece, alla curva dei Sette ponti, avevano visto quella casa sbucare improvvisa e chiamarli. Fu come se una voce dicesse: "Alt! Fermatevi qui". La vecchia casa di piacere, ormai dismessa e fatiscente, li stava chiamando. Avevano detto al tassista di fermarsi, erano scesi ed entrati. La porta aveva ceduto subito scrollandosi di dosso la polvere del tempo. Avevano percorso un corridoio e svoltato a sinistra finendo in uno stanzone. Dentro, due stufe arrugginite si guardavano mute. Qualche letto sfatto, mobili anch'essi pieni di polvere. In un angolo, una piccola catasta di legna avanzata da chissà quanto tempo aveva stiracchiato le ossa, che scricchiolarono al contatto dell'aria. Poteva bastare, quello era il posto adatto, il luogo per gli ultimi anni. Congedato l'autista, si erano fermati lì. Prima di tutto avevano acceso le stufe. Al principio avevano sbuffato, fumato, schioccato. Poi la ghisa si era dilatata, era diventata rovente e aveva preso a scaldare. I due comignoli avevano tremato d'emozione: la casa aveva ripreso vita.

Alla prima pioggia l'uomo si era accorto che il tetto perdeva. Vi era montato sopra usando un abbaino, stendendo per bene sulle tegole dissestate e rotte una decina di teli trovati in cantina. Teli di gomma, impermeabili, variopinti, di ogni misura, essenziali. La casa era diventata impermeabile come i teli e i due coniugi avevano preso ad abitarla con affetto e gratitudine. Alcuni boscaioli dell'Abetone, che passavano con camion pieni di legna, ogni tanto li rifornivano gratis. Tronchi segati e spaccati, secchi, bell'e pronti all'uso.

Questa fu la visione che scosse l'industriale della seta sul settimo ponte: nella casupola vivevano i suoi genitori, coloro che lo avevano adottato. La rivelazione lo turbò a tal punto che aprì gli occhi. Vide sopra di sé volti noti. C'erano Lupo il cantante, Stinki il cuoco, Federico il fungaio, Vittorio il pensionato, Tranquillo il cacciatore, Mauro e Lucia, Elio Gufo e Giuliana. E, un po' discosti, Paolo e Fiorella, amici di vecchia data.

L'industriale della seta vide anche luci asettiche sul soffitto, percepì odore di farmaci. Lupo disse: "Bentornato tra i vivi, amico. Ventidue giorni di coma sono tanti, per fortuna te la sei cavata. Da un volo così nessuno esce vivo:

sei finito fuori strada, la macchina era in briciole in fondo al burrone. Finalmente hai aperto gli occhi, che fortuna! Abbiamo vegliato a turno notte e giorno, ti agitavi, smaniavi senza mai tornare nel nostro mondo. Era come se qualcuno volesse tenerti di là per sempre".

L'industriale della seta non si raccapezzava, era confuso, stranito, spaventato. Aveva dolori nelle ossa e dentro la carne, non si muoveva ma sentiva e vedeva bene. E capiva tutto. Gli amici lo informarono per filo e per segno sulla dinamica dell'incidente. Gennaio, freddo, ghiaccio, troppa velocità, fretta. Il guardrail sfondato, un difficile recupero sul torrente da parte del soccorso alpino. Era stato proprio Federico, infermiere di elicottero oltre che fungaio, a raccoglierlo e intubarlo quando pareva morto, giù sul greto.

All'uomo non interessava sapere com'era avvenuto l'incidente, bensì riflettere sui deliri avuti nell'incoscienza. Alla fine, nei ventidue giorni di coma un disegno misterioso lo aveva messo di fronte alla sua vita. Ora sapeva chi erano i vecchietti che abitavano la casa dei sette ponti e voleva al più presto andare a trovarli. Ma era immobilizzato in un letto d'ospedale, fracassato e malconcio chissà per quanto tempo ancora. Bisognava aver pazienza. Intanto pensava a loro e una dolcezza improvvisa, dimenticata, sepolta nell'infanzia, veniva ad alleviargli un po' di dolore e a farlo addormentare.

Impiegò due mesi a guarire. E un altro ancora per riprendere le funzioni normali: camminare, guidare, essere autonomo. Gli amici, a turno, andavano ogni giorno a fargli visita alla Fondazione Turati di Gavinana. Lo informavano sui fatti del paese, gli portavano giornali e leccornie di ogni tipo. Lui ringraziava rimanendo serio, pensava a quei vecchi, i suoi genitori, in quella casa fatiscente sulla curva dei Sette ponti. Finalmente riprese a muoversi. Dimesso dalla Turati afferrò di nuovo la sua vita. Ma non quella di un tempo.

Ristabilitosi per bene, noleggiò un'auto e puntò diritto alla strada tortuosa, nella valle solitaria, aspra da intimorire il viandante, dove, su una curva a gomito, c'era la casa dei suoi genitori. Viaggiò col cuore in gola accanto a un passeggero insolito: l'emozione sconosciuta del ritorno. Era un uomo duro e cinico, abituato a vincere spazzando rivali e nemici mediante freddezza e calcoli perfetti. Dove non riusciva con la logica vinceva col denaro. Pagava e otteneva. Ora, però, qualcosa in lui si era sbloccato. Il suo cuore indurito dall'indifferenza s'inteneriva chilometro dopo chilometro. Tornava quello del bambino piangente dentro un cesto, deposto dalla madre sopra un ponte e raccolto da un boscaiolo di passaggio. Tornava umano. Viaggiò tremando d'inquietudine, intimorito all'idea di presentarsi ai genitori.

Per primo vide il fumo, alto, nel cielo. Abbassò lo sguardo e s'imbatté nelle sentinelle dei comignoli. Parcheggiò. Percorse un breve tratto, passò l'intaglio di lamiera, si avvicinò alla porta. La casa se ne stava accovacciata tranquilla, come una chioccia sul nido. All'interno nessun rumore, né voci né suono alcuno. Solo un po' di vento, il vento di primavera che accarezzava gli alberi facendoli parlare. Era ormai aprile, piccole chiazze di neve punteggiavano il bosco, alcune sul tetto baciavano ancora i teli. Questa volta l'uomo non bussò. Entrò diretto, con il cuore a mille. I sette ponti li aveva percorsi, ora poteva entrare. Superò un corridoio, voltò a sinistra e aprì una porta. Lo stanzone era quello del sogno, quello della visione sul settimo ponte. Due stufe, messe agli angoli opposti, mandavano un gradevole tepore. Era verso mezzogiorno, lungo i boschi si percepiva il brusio di foglie che apre il sentiero all'estate. Il solito venticello impertinente carezzava i teli variopinti. L'uomo si guardò intorno. C'erano un grande letto, una madia, un tavolo, delle sedie, una panca. Ma i vecchi non c'erano. Eppure i fuochi ardevano. Dove saranno andati?, si chiese.

"Bentornato!" disse improvvisa una voce di donna.

Si voltò. Da una tenda che occultava il tinello sbucarono uno alla volta. Lei davanti, lui dietro. Li guardò senza proferire parola. Poi, a bassa voce disse: "Sono vostro figlio". Era travolto dall'emozione.

"Lo sappiamo," disse la donna "lo sapevamo da quando sei apparso qui la prima volta."

"Benvenuto, figliuol prodigo," proseguì il vecchio "non abbiamo vitelli da sacrificare, ma quel che c'è è tuo."

Si abbracciarono a lungo, piangendo tutti insieme.

La vecchia disse: "Quel giorno ti abbiamo riconosciuto, lo dicevano la voce, gli occhi, la faccia. A noi lo rivelava il cuore. Tu invece dovevi passare i sette ponti per sapere. Ora che sai tutto possiamo morire in pace".

L'uomo sedette sulla panca. Parlarono. A lungo e intensamente. Molte cose l'industriale della seta le sapeva, le ricordava nitide nelle visioni dei ponti, durante i giorni di coma. A un certo punto, pieno di gioia, preso dall'entusiasmo esclamò: "Farò installare un tetto nuovo di zecca, un coperto come si deve, abbellirò la casa, farò mettere il riscaldamento. Qui dev'essere tutto nuovo e comodo!".

La vecchia disse: "Non serve niente. Ormai siamo attaccati all'ultimo chiodo, di vita ne abbiamo ancora poca. E poi la nostra casa è bella così, a noi piace semplice e unica, con le stufe che cantano giorno e notte. A che serve il lusso?".

L'uomo obiettò che almeno il tetto si doveva cambiare, affinché non piovesse dentro.

Il vecchio disse: "Lasciamolo coi cenci, non perde una goccia, non passa un filo d'aria, e sembra un arcobaleno. Abbiamo l'arcobaleno sulla testa".

Il figlio rifletté a lungo. Poi uscì, non prima di avvertire che sarebbe mancato pochi minuti. Sulla strada s'allontanò qualche metro, in direzione di Porretta. Si voltò e fissò la costruzione. L'aveva vista sempre così, quella casa, coi teli che la coprivano, le finestre come ciglia alzate, i comignoli fumanti. No, pensò, hanno ragione, deve rimanere tale e quale, voglio ricordarla come l'ho vista la prima volta.

Quel giorno parlò fino a tardi con i genitori. Evocarono il passato, lui con rimorsi, loro con rimpianti. All'atto di congedarsi, disse che sarebbe tornato dopo un po' di giorni. Tornò invece dopo un mese. La valle era colma di vapori, un verde rigoglioso dominava sul mondo. Spume di foglie colavano dagli alberi abbarbicati ai pendii e scendevano fino al torrente. Il figliuol prodigo entrò con una valigia in mano. Camminava ancora storto per ferite e fratture. Abbracciò i vecchi e disse: "Resto con voi se mi volete, ho da recuperare il tempo perduto. Non tutto. Tutto purtroppo non è possibile, sono passati tanti anni... ma quello che resta, sì. Quello voglio recuperarlo".

I genitori lo accolsero a braccia aperte, piangendo.

Durante il mese di assenza, l'industriale della seta era corso a Bologna e Firenze. Poi a Prato. Qui, tramite uno studio notarile, aveva ceduto tutte le sue attività ai cinesi: licenze, sta-bilimenti, fabbriche e quant'altro. I cinesi gon-golavano, non vedevano l'ora di togliersi dai piedi un rivale di tal fatta. Lui, che li batteva sempre in tutto, alla resa dei conti si era ritira-to cadendo loro in braccio. Alla fine avevano vinto loro. I cinesi vincono sempre.

Lui però aveva trionfato sul fronte più im-portante, quello del cuore. L'amore aveva bat-tuto il denaro. L'uomo aveva rinunciato al po-tere, al lusso e ai soldi in favore dell'affetto.

L'affetto di un figlio adottivo, ritrovato dai genitori dopo tanto tempo.

L'affetto di un figlio adottivo che ritrovava i genitori dopo troppo tempo.

Nota dell'autore

La storia di Prato, la città conquistata dai cinesi, e della sua industria tessile è stata raccontata da Edoardo Nesi in *Storia della mia gente*.

Pavana è il paese natio di Francesco Guccini, nel quale il cantautore è tornato a vivere.

La Fondazione Turati di Gavinana è un centro di riabilitazione di eccellenza. Vi si trattano patologie neurologiche, ortopediche, dell'età evolutiva e respiratorie. Oltre a un'ospitalità articolatissima, il centro offre spazi comuni per favorire la socialità e un modernissimo ed efficiente reparto di terapia fisica.